KB036734

디어 프루던스

디어 프루던스
dear prudence

호시노 도모유키 지음 | 김석희 옮기고 그림

그물코

디어 한국의 독자 여러분!

안녕하세요?

펜데믹 상황 속에서 어떻게 지내시는지요?

저는 『디어 프루던스』의 애벌레처럼, 대부분의 시간을 집에 틀어박혀 지내고 있습니다. 이 소설은 펜데믹 이후의 세계를 상상하고 있습니다. 실제로 코로나의 소용돌이가 시작되고 나서 제가 처음으로 쓴 소설입니다. 하지만 구상은 코로나가 시작되기 일 년 이상 전에 세웠습니다.

비틀즈의 곡을 사용해서 소설을 쓰고 싶다고 생각했습니다. 비틀즈를 사용한 소설로서는 일본 문학에서는 『노르웨이의 숲』이나『골든 슬럼버』가 유명하지요?

저는 비틀즈 팬도 아니고, 자세하게 알지도 못하지만 좋아
하는 곡은 많이 있습니다.

뭔가 나에게 딱 맞는 곡이 없을까 생각하며 듣다가 '디어
프루던스'에 이르러 '이거다!' 확신했습니다.

분명 이 곡은 히키코모리를 위한 노래구나. 관용이 사라져
가는 세상으로부터 등 돌리고 싶은 마음이 강렬해지던 터에
내게 꼭 맞는 노래라고 생각했습니다. 마침 교토 애니메이션
에 방화 사건이 일어나 만화가 서른 여섯 명이 사망하는 일이
일어났고, 그 범인이 히키코모리였습니다. 사회가 히키코모
리 문제를 진지하게 생각하기 시작한 시기이기도 합니다.

그래서 이 곡에 대해 알아 보니, 이런 유래가 있었습니다.

존 레논이 인도의 종교인과 함께 지내고 있을 때, 명상 수
행 중인 프루던스 패로우(배우 미아 패로우의 여동생)가 명상실
에만 틀어박혀 있어서 조금은 밖에 나와라, 하고 권하기 위해
만든 곡입니다. 그래서 프루던스를 부르는 식으로 제목을 붙

였다고 합니다.

프루던스(prudence)는, '신중'하다든가 '사려 깊음'이라든가 '조심성 많음'을 뜻합니다. 너무 주의 깊은 나머지, 틀어박혀 밖에 나오는 일이 힘들어져 버린 존재입니다. 내내 조심하고 있는 것(尻込み, 시리고미)입니다. 그래서 스스로 갇혀 있는 아이에게 '시리고미짱'이라는 이름을 붙였습니다.

시리고미짱이 이윽고 밖으로 나왔을 때, 시리고미짱은 꽃으로 피어나 민들레씨로 변해 날아갑니다. 그 영원한 해방과도 같은 감촉을 글로 쓰고 싶었습니다.

막상 쓰려고 생각했을 때 팬데믹이 시작되었습니다. 그래서 히키코모리가 되는 이유가 펜데믹으로 설정된 것입니다.

폐쇄감에 괴롭고, 고독감이 커지며, 아무도 나를 필요로 하지 않는 것 같고, 모두에게 버려진 기분이 심해졌을 때, 제정신을 잃지 않기 위해 상상력을 동원해 스스로 자유로워지고 싶었습니다.

나는 이 작품을 반쯤 나 자신을 위해 썼습니다. 고독은 사람을 미치게도 하고 죽게도 하기 때문입니다.

이 소설을 쓰면서 나는 고독으로부터 해방되었습니다. 이렇게 말할 수 있게 된 것도, 이 작품을 읽은 절친한 친구 김석희 선생이 그림으로 번역하고 싶다고 말해 주었기 때문입니다! 일본어 문학 연구자면서 번역가인 김석희 선생은 최근에는 화가로서도 좋은 평가를 받고 있습니다. 지금까지 그가 나의 소설을 한국어로 번역해 왔는데, 이번에는 무려 문자와 그림! 정말, 저 자신이 민들레씨가 되어 세계를 날아가는 듯한 기분이 들었습니다.

완성된 그림을 보고, 나는 이상한 노스텔지어에 사로잡혔습니다. 아아, 나는 이 그림의 세계에 언젠가 간 적이 있어, 이건 내가 알고 있는 낯익은 장소야, 하는 느낌이었습니다. 동경을 불러 일으키는 색과 공간이었습니다.

모든 그림이 하늘에서 그려진 것 같습니다. 시선은 하늘을 떠돌고 있는 존재에게 머뭅니다. 이 해방감, 부유감, 자유, 그리고 부드러움.

김석희 선생의 멋진 번역을 문자와 그림으로 듬뿍 맛보시길 바랍니다. 이것은 저와 김석희라는 두 사람의 작가가 만든 꿈의 세계입니다.

　　　　　　　　　　　　　　　　2021년 6월 도쿄에서

　　　　　　　　　　　　　　　　호시노 도모유키

차례

나는 애벌레. 원래는 사람이었다.

어쩌다 애벌레가 되었는가 하면 상상하는 대로 이루어진다는 말을 들었기 때문이다. 언제까지나 혼자 지낸다면 너는 너 자신이 상상한 너, 그 자체다. 그렇게 말했다.

그래서 인간으로 있으면 그대로 쓰러져 죽든지, 발병하여 썩어 죽든지 할 것이기에 나는 '썩을 병'에 감염되지 않는 생물, 애벌레가 되기로 했다.

나는 지금 정원에 살면서 풀만 먹고 지낸다. 거의 깨어 있는 내내 풀을 먹는다. 하지만 풀은 바닥나지 않는다. 나 혼자 먹는 속도보다 풀이 자라 번식하는 기세가 더 등등하기 때문이다. 행동이 굼뜬 나의 시간 감각은 인간의 시간 감각과 달라서 내게는 풀이 자라거나 움직이는 모습이 보인다. 사람이라면 식물의 움직임이 너무 느려서 멈춰 있는 듯 보이겠지만, 나는 너무 굼뜨기 때문에 식물이 자라거나 움직이는 모습을 볼 수 있다.

인간이나 다른 생물은 옛날 영화 필름을 빨리 돌리기로 보는 것 같다.

뭐가 그렇게 바쁜지 보고 있으면 웃음이 나온다.

야외의 정원이니 천적도 있다.

새는 싫다. 참새, 직박구리, 까마귀는 위험하다. 그들은 순간이동 하는가 싶을 정도로 빠르다.

인간이 내놓는 쓰레기가 갑자기 줄자 까마귀는 그동안 쳐다보지 않던 우리, 애벌레를 먹기 시작했다.

"이것저것 가리지 않는 모습은 비참하군."

나는 까마귀에게 그렇게 말해 준 적이 있다.

"너 따위, 먹으려고 맘먹으면 언제든 먹을 수 있어. 안 먹고 두더라도 네 목숨 줄은 내가 쥐고 있어. 언제 먹힐지 몰라 마음 졸이는 나날을 보내고 있겠지?"

까마귀는 밉살스럽게 말했다.

'까마귀가 말을 할 리가' 하고 생각하지?

그런데 말이지, 맘만 먹으면 들린다고. '까악까악, 까아' 정도의 소리만 내는 것 같지만 죽을힘을 다해 상상하면 그 의미를 알 수 있게 되지. 그러는 사이 상상하지 않아도 언어로 들리게 되는 거야.

제비가 왔을 때는 나의 핑크색 두꺼운 뿔을 불쑥 내밀어 위협하고, 지독한 감귤 냄새를 뿜어댄다. 제비는 표정도 바꾸지 않고 나를 힐끗 보더니,

"젊어서 좋겠네. 허세 부리는 시간도 필요해."

라고 말하고는 멋진 스타일로 날아올랐다.

허세 부리는 게 누군데? 같잖은 자식-.

이미 멀어져 보이지도 않는 제비를 향해 나는 독을 뿜었다.

박새나 휘파람새처럼 시인 같은 새들도 많다. 녀석들은 뭐든 시처럼 말한다.

"부질없는 이 세상, 한낮의 태양도 한풀 꺾이려는데,
이 몸은 굶주리며 씨를 뿌리고 익숙한 날갯짓 퍼덕거리네
아, 그렇군요, 그렇군요."
라던가? 무슨 소릴 하는 건지, 원.

벌새는 나를 씹어 걸쭉하게 만든 다음 경단을 만들어 아기 새들에게 먹일 생각인가 보다. 으으, 화가 난다! 나도 먹게 해 줘, 그 경단. 맛있을 게 틀림없지. 나쁜 자식, 언젠가 벌새 새끼를 먹어 버릴 테다. '달고 맛있구나' 하면서.

말은 이렇게 하지만, 나는 풀밖에 먹지 않는 애벌레다. 고기를 먹으면 육식충이다. 육식충은 되고 싶지 않다.

사람들은 나에 대해 '기분 나빠', '만지기 싫어', '물컹물컹 해', '털만 없으면 젤리', '터지면 나오는 액체 너무 싫어, 식탐도 많아', '기발한 패션 센스', '뭐가 될지 궁금해' 등 가지가지 이야기를 한다.

하지만 누가 뭐라 해도 애벌레는 남의 눈 개의치 않고 먹는 동시에 똥을 싸도 괜찮고, 그렇다고 해서 똥을 눈 곳이 더러워지는 일도 없으니 편리하다. 역시 인생, 편하게 살고 싶은 법이니까. 남한테 신경 쓰지 않고, 남의 얼굴색 살필 필요도 없다. 하고 싶은 걸, 하고 싶을 때! 하고 싶은 방식으로 한다! 풀잎을 먹고 천적과 서로 경멸하며 때와 장소를 가리지 않고 똥을 누며 배설의 쾌감에 몸을 떨며 황홀에 빠지고, 밤이면 고꾸라져 잠든다. 적도 밤에만 움직이니까.

그 아이를 본 적은 없다.

창문도 덧창도 모두 잠그고 계속 틀어박혀 있기 때문이다. 하지만 나는 거기에 그 아이가 있다는 것을 내내 알고 있었다. 애벌레가 되기 전에 나는 그 아이의 이웃집 주인이었다. 나는 이웃에 있는 이 층짜리 빌라 원룸에 혼자 사는 예순 일곱 살 여성이었다.

내가 사는 빌라의 작은 베란다에서 담장 너머로 그 정원이 보였다. 슈퍼마켓 아르바이트가 없는 오후 두 시 경이면 그 정원의 레몬과 라임나무에 노르스름한 빛이 도는 하얗고 작은 꽃이 피는 걸 넋 놓고 바라보는 게 즐거웠다. 그리고 꽃이 지고 열매를 맺으면 수확해서 파스타나 파에야나 타코스에 뿌리며 그 향기를 맡는 상상을 했다. 그것은 멈출 수 없는 사치였다.

내가 빌라로 이사 온 약 이십 년 전, 그 아이는 이미 방에 틀
어박혀 지내고 있었다. 그 아이뿐 아니라, 온 세상이 그랬
다. 접촉하는 것만으로도 전염되는 병이 이미 유행하고 있
었다.

감염되면 우선 장기에 침투하고 마지막엔 피부가 여기저기 녹아 복숭아 향기 나는 달콤한 과즙을 흘리며 죽음에 이르는데, 마치 닿는 곳부터 옮아 부패하는 듯이 보였기 때문에 '복숭아열'이라는 이름이 붙었다. 세간에서는 '썩을병'이라 부르기도 했다.

감염되지 않으려면 집이나 방이나 그늘에 틀어박히는 수밖에 없었다. 오래도록 틀어박혀서 다른 사람을 만나지 않는 동안 불안과 공포로 인해 뇌가 썩어간다는 썩을 병. 뇌가 썩으면서 세계의 멸망이 시작되고, 나 자신도 이대로 썩어 죽든가 아니면 홀로 무의미하게 살아남아 소리와 빛과 냄새를 모두 갖춘 환각으로 나 자신의 마지막 모습을 보게 된다는 썩을 병.

암흑의 시대가 얼마나 계속되었는지, 모른다. 모두들 방에 우두커니 앉아 바깥을 내다보지도 않고 바깥에서도 안을 들여다보지 못하도록 창문도 커튼도 닫고 아무 일도 일어나지 않도록 했다. 밖으로 한 발자국만 나가면 그곳에는 처음 만난 사람끼리도 손을 잡고 원을 만들며 춤출 듯한 광경이 펼쳐질지도 모른다.

하지만 나는 어쩌다 계속 집에 있을 뿐이라고 믿으면서 제정신을 유지하고 있었다. 그러므로 암흑의 역사는 알지도 못하고 기억도 못한다. 기억상실은 선택할 수 있는 거니까.

그러는 사이 만지지 않으면 가까이 있어도 괜찮다는 사실
이 서서히 확인되었고 우주복 같은 옷이 만들어져 대담한
사람들부터 조금씩 밖으로 나오기 시작했다.

나는 이제 평생 밖에 나갈 생각 따위 없었지만 푸른 애벌
레가 된 덕분에 나오게 되었다.

이웃집 아이는 나오지 않았다. 집 안에 있던 다른 사람은 모두 죽었다고 한다. 근처에 살던 나도 문을 두드려 보았지만, 아이는 나오지 않았다. 그 아이도 이젠 살아 있지 않다는 소문도 있고, 원래부터 방에는 아무도 없었다는 말도 있고, 별별 소문이 다 있었지만 모두 경찰이나 관공서에서 조사한 것은 아니었다. 사실무근이었다.

왜냐하면 내가 그 아이와 이야기를 나누고 있으니까.

상상 속에 들려오는 이야기를 한다고 생각하는가?

정답.

이웃 빌라에 살 때는 무리였지만, 애벌레가 되고부터는 이

야기를 할 수 있게 되었다. 생각해 보라! 정원과 창 사이가

아닌가?

나는 스물 네 시간 내내 말을 걸었다.

안녕?

컨디션은 어때?

채소 많이 먹고 있어? 나누어 줄까?

어떤 모양의 매미를 좋아해?

좋아하는 꽃은 뭐야? 참고할 수 있게 알려 주면 좋겠어.

아, 큰 소리로 말하지 않아도 괜찮아.

속삭여도 돼. 자기 자신에게만 들릴 정도의, 숨소리 같은

속삭임도.

아니 숨소리조차 내지 않아도 좋아.

머릿속으로 생각만 하는 정도라도 괜찮아.

나를 향해서 생각한 것이라면 그 느낌만으로도 전해져 오

거든.

하지만 아이는 좀처럼 대답을 하지 않았다.

나는 날마다 대답하기 쉬운 질문을 생각하고 던지기를 계속했다.

파꽃 좋아해?

옅은 파색이랑 달걀껍데기 색이랑 노란 나무껍질 색이랑,

차를 마신다면 어느 색이 좋아?

지금 무슨 생각 하고 있었어?

나는 과자로 지은 집에 사는 거나 마찬가진데, 알고 있어?

애벌레가 되는 거, 의외로 쉬웠거든.

민들레 씨가 된 것처럼 가벼운 마음으로 나와 보면 어때?

무서워서 싫어.

그럼 됐어. 무리는 하지 말아.

그것이 첫 대화였다.

나는 넋이 나가도록 기분이 좋아져서 살짝 춤을 추었다. 아, 애벌레도 춤 정도는 춘다. 상당히 멋진 로커라고! 상반신을 일으켜서 머리를 흔들흔들 격렬하게 흔드는 거야. 사람들은 그런 모습 싫어하지만 말이야.

그리고는 또 며칠간 내가 묻는 말에 대답이 없었다. 하지만 나는 걱정하지 않았다. 한 번 대답을 했다는 것은 이야기할 마음이 있다는 거니까. 다만 겁이 많아서 신중할 뿐이다.

그래서 나는 그 아이를, 남몰래 '시리고미 짱*'이라 부르기로 했다. '똥 대장' 아니고 '조심 대장'이라는 뜻이니까 오해하지 마시라.

겁 많고 신중한 '시리고미 짱'이 다음으로 말을 한 때는 내가 껍데기를 벗은 직후였다.

*원문 しりごみちゃん. 중의적인 농담으로 '똥이나 화장실 쓰레기尻ゴミちゃん'를 의미할 수 있지만, 본 뜻은 '조심성이 많은 사람(Prudence)'을 뜻하는 이름이다. _옮긴이

전날부터 소화도 안 되고 식욕도 없고 컨디션도 별로였다. 설마 애벌레도 썩을 병에 감염되는 건가 싶어 불안해졌다. 그날은 바람이나 볕을 피해 부드러운 이파리 그늘에서 쉬었다.

하룻밤 자고 눈을 떠 보니, 이번에는 기력이 넘쳤다. 번식을 할 수 있을 것 같은 기분이 들었다. 번식이라고는 해도 생식은 아니다. 이미 생식으로 번식하는 시대는 지나갔으니까. 썩을 병은 생식을 불가능하게 만들었으니까.

만지면 감염되니까 발병률이 그토록 높아진 마당에, 섹스는 목숨 걸고 하는 일이 되었다. 많은 사람이 섹스로 감염되었고 목숨을 잃었다. 그래서 인공 수정에 눈사태처럼 몰려들었지만, 출산 때 엄마와의 접촉은 피할 수 없어 신생아가 감염되어 죽는 사례가 뒤를 이었다. 수술로 신생아를 빼내는 방법을 모색하기도 하고 인공 자궁 개발을 진행시키기도 했지만, 많은 사람들이 지쳐서 생식으로부터 눈을 돌리게 되었다.

세계 인구는 줄기 시작했고, 젊은이도 감소했다.

이것이 인류의 운명이었을까? 인류라는 종의 수명이 다한 것이었을까? 체념과 함께 현실을 받아들이는 풍조가 퍼지는 동안, 갑자기 믿기 어려운 이상한 번식 사례가 동시다발적으로 퍼져나갔다.

눈치챘는지 모르겠다. 그렇다.

상상하면 늘어나는 방식이다.

상상 임신 따위가 아니다.

생각하면, 그것은 실재한다.

그러므로 아기일 필요조차 없다.

내가 정말로 절실하게 내 곁에서 레몬 잎을 갉아먹어 줄 청
띠세운나비의 애벌레를 갖고 싶다고 치자. 어디까지 이것
은 예다. 나는 잎을 함께 갉아먹을 애벌레 따위 일 밀리미
터도 바라지 않으니까. 원래부터 청띠세운나비라는 나비
자체가 존재하지 않는다.

그런 식으로 상상하여 번식하는 사람이 하나둘 나타났다. 잃은 자식을 새로 만드는 부모. 앞세운 반려자를 번식하는 파트너. 천수를 누린 부모를 이 세상에 다시 불러내는 자기중심적인 자식. 이상적인 친구를 번식하는 완벽주의자. 사원을 번식하는 욕심 많은 사장. 물론 아기를 번식하는 커플은 헤아릴 수 없이 많다.

탄생한 사람들에게 진짜 피와 살이 있는지는 아무도 모른다. 그도 그럴 것이, 나 자신이 진짜 살과 피로 이루어져 있는지도 알 수 없기 때문이다. 그런 내가 번식시킨 존재가 피와 살을 가졌는지 어떤지 증명할 길이 없다.

하지만 아무도 그런 데 신경 쓰지 않았다. 번식한 존재는 누구의 눈에라도 보였고, 만질 수 있었으며, 이야기 나눌 수도 있었다. 생식으로 태어난 사람과 다를 것이 없었다. 더구나 썩을 병에 걸리지도 않는다.

기분에 따라 상상을 한다 해도 꼭 번식으로 이어지지는 않았다. 뭔가 어쩔 수 없는 절박한 감각이 있어야 한다. 상상으로 태어난 사람이 이미 실재하는 사람보다 훨씬 리얼하고 존재감이 있어서 상상하는 쪽이 제어할 수 없을 만큼 자율적이라고 해야 할까? 그런 바람이나 집념 같은 것이 결정체를 이루면 번식할 수 있다.

얘기가 옆으로 샜지만, 그날 아침 나는 그런 정력에 넘치는 상태였다. 온몸이 팽창하여 터질 듯했다.

그리고 실제로 터졌다. 피부가 벗겨졌다. 나는 나의 껍질을 남김없이 먹었다. 형언할 수 없이 맛있었다. 내가 생각했던 대로 나는 맛있었다.

신상 피부에 둘러싸인 나는 반짝반짝 윤이 났다. 한층 크고 탄력 있고 푸르렀다.

선명한 나를 보고 시리고미짱이 자기도 모르게 한숨을 쉬며 말을 꺼냈다.

좋겠다.

시리고미짱도 할 수 있어, 할 수 있다고!
민들레 솜털이라면 될 수 있어!

나는 처음으로 내가 붙인 별명을 불렀다.

뭐?

싫어.

하더니 더 이상 말이 없었다. 시리고미짱은 또다시 입을 다
물어 버렸다.

나는 이때다 싶어 재촉했다.

민들레 씨가 되어 살랑살랑 창문을 빠져나오는 거야.

기구에 탄 것처럼 둥둥 높은 하늘로 날아올라

실바람에 몸을 맡긴 채

훌라춤을 추듯이 흔들리는 걸 상상해 봐. 기분 좋잖아.

파스텔 같은 하늘에 크림색 태양이 빛나고,

베이지색 민들레 씨가 된 네가 떠다니는 거야.

따뜻한 느낌이 들지 않아?

아무도 시리고미짱을 공격하지 않을 거고,

먹지도 않을 거고,

피곤하면 소리도 없이 들판에 내려앉으면 돼.

내일 생각해 볼게.

시리고미짱은 중얼거리듯 대답했다.

나는 또 힘주어 말했다.

시리고미짱도 이제 사람으로 사는 게 싫지 않아?

사람 따위 최악이야.

자신이 인간이라는 사실이 견디기 힘들지 않아?

나도 그랬어.

시리고미짱은 조용히 듣고만 있었다.

시리고미짱도 사실은 사람을 좋아하지?

하지만 아무도 믿지 못하지?

더 이상 배신당하는 건 이제 견딜 수 없으니까

사람을 만날 수 없어서 가만히 있는 거잖아.

어두운 방에서 미동도 하지 않고

그렇게 음습한 자신을 넘어서려는 거라면 더더구나,

다른 생명체가 되는 게 깔끔할 거 같지 않아?

나는 그런 망설임을 반복하다가 애벌레가 되었어.

그러니까 시리고미짱도 민들레 씨가 어울린다고 생각해.

그리고 며칠인가 지났다.

시리고미짱은

민들레 씨가 되기는 했는데
하고 천천히 말을 꺼냈다.

응, 응! 그런데? 나는 뒷말을 기다렸다.

날 수가 없었어.

아, 뭐 이제 완벽해!
나도 애벌레가 되는데 계절이 여든 번은 흘러갔어.
지금 기분은 어때?

머리가 솜털 같아.

부풀었어?

응.

그럼 준비가 다 된 거네.

웃어 볼래?

솜털이 살랑살랑 흔들리지?

응.

그 헤어스타일, 나도 좀 봤으면.

잘 유도한 것 같았는데 시리고미짱은 경계하며 입을 다물어 버렸다. 아 어쩔 수 없지, 서둘지 말고 천천히 하자. 시간은 많고 천천히 흘러가니까.

시간은 많다고 했지만, 너무 늑장을 부리면 애벌레는 번데기가 되었다가 다시 성충이 되는 것 아닌가? 그런 질문이 생길지도 모른다.

사실, 길고양이 블루도 그렇게 말했다.

길고양이 블루는 지겹도록 잘난 척하고 뚱뚱한 갈색 고양이인데 사람이었을 때 이웃 마을에서 '블루'라는 찻집을 했다고 한다. 썩을 병이 유행하여 아무도 찻집을 찾지 않자 먹고 살 수가 없었는데, 자존심이 허락지 않았기 때문에 지원금을 받지 못했다. 특히 믿지 못할 관공서의 도움을 받기는 죽기보다 싫어서, 죽었다고 한다. 하지만 죽는 것도 열 받는 일이라서 혼자서 고고하게 살아갈 수 있는 길고양이로 번식했다.

전부 본인이 한 이야기라서 사실인지 아닌지는 알 수 없다. 애벌레의 몸으로 이웃 마을까지 가서 확인할 수도 없기 때문이다.

모두들, 있는 얘기 없는 얘기 다 하는 거예요.

얼마 전에는 할미새가 자신은 가창력과 미성으로 유명한 가수였다고 말했지만, 그 일대를 구역으로 하는 까마귀가, 저 녀석은 사람이었던 적 없는 녀석이야, 사람이 되고 싶어서 열심히 상상을 하고 있지만, 상상력이 빈곤해서 사람으로 번식하는 건 영원히 어려울 거야, 하고 증언했다.

그래서 나도 점점 내 기억에 자신이 없어진다. 사실은 이십 년간 계속 보잘 것 없는 애벌레여서 인간 아줌마가 되고 싶었던 것이 아닐까 싶을 정도다.

하지만 아줌마에 대한 동경이라니 손톱만큼도 없는데? 바란 적도 없는데 아줌마로 살았다고? 아줌마인 게 싫다기보다는 아줌마 취급을 받을 때마다 열이 받았다. 나는 정말 내가 아줌마라고 생각한 적이 없었다. 지금은 생활에 쫓기지만 여유가 생기면 나의 본분에 충실할 수 있도록, 그때까지는 썩지 않고 버티리라 생각하며 지하에서 버티는 동안 어느새 마흔을 지나 쉰이 되고 환갑도 지났다. 그래서 도무지 나이를 먹었다는 자각이 없다. 자칫하면 아직 십대인 내가 내 안에 생생하게 살고 있음을 느끼거나 한다. 그 정도가 아니라, 여자라는 실감조차 없었다. 본분에 충실했을 때 비로소 자기다운 여성이 되는 거라고 막연히 생각했다.

파랗다, 파래. 예순 일곱이나 먹었는데 아직 새파랗다. 비참하다. 예순 일곱의 아줌마답게 행동했건만 본성이 드러나면 몸 둘 바를 모르겠다.

새파라니까 애벌레라니, 웃기지 마. 우연히 그렇긴 해도 역시 의미도 있고, 나는 이대로 애벌레로 있을지도 몰라.

번데기가 뭔데? 난 그런 거 몰라. 성충이면 일 인분 되는 건가? 어째서 그것이 목적지처럼 되는 거야? 나는 성충이 되기 위한 수단에 불과한 건가? 가짜 모습이라고? 애벌레가 목적지이며 전부인 게 아니란 말인가? 나는 완전한 애벌레로 존재하고 싶은 거야! 거쳐 가는 계단 같은 게 아니라는 말이다. 애벌레인 것만으로 충분한, 완전한 존재이고 싶다고!

내가 성충이 된 모습을 상상한다는 행위 자체가 싫다. 이런 나비가 되고 싶다든가, 저런 나비가 되고 싶다든가, 이미지를 떠올린다는 게 기분 나쁘다. 나비가 될지도 모르겠지만, 나방일지도 모르고 말이야. 신종 새일지도 모르고, 번데기에서 발아한 난이 될지도 모른다.

아무튼 나는 아무것도 되지 않는 애벌레라는 종류의 생물이 되고 싶다. 그 무렵 사람의 눈빛만으로 아줌마라는 성충이 되기 전, 남자도 여자도 아닌, 그 중간 지대를 어슬렁어슬렁 걷고 있는, 자기를 '형'이라고 부르는 영원한 풋내기 아가씨, 푸른 청년.

이것이 대답이다. 알았나, 블루? 꼰대 머리를 가진 길고양이, 너 따위는 이해할 수 없을지도 모르겠지만 말이다, 귓구멍 잘 파고 들어 둬라!

그러자 블루란 녀석, '냥미운' 얼굴로 말했다.

아아, 이봐, 오스트레일리아에 있는 그 주머니 동물, 뭐지? 작은 캥거루. 그렇지, 왈라비다. 너는 왈라비야. 아, 아니다, 워너비인가?

하수도 냄새 나는 아재 개그를 대방출하고 블루는 도망쳐 버렸다. 썩을 놈의 길고양이!

나도 평생 이대로 있지 못할 가능성도 있다는 걸 안다. 결국 변생(變生)이나 전생(轉生)해 버릴지도 모르고.

그러나 그것은 지금이 뭔가로 바뀌기 위한 과도기여서 그 바뀐 뭔가가 진짜라는 걸 의미하지는 않는다. 앞으로 뭐가 되든, 지금도 나는 진짜다. 애벌레는 나비보다 높지도 낮지도 않다. 그리고 다른 뭔가로 바뀐다 해도 나는 그때의 나이며, 다른 누군가가 내가 누구인지를 정할 수 없다. 아무래도 뭔가 되어야 한다면, 나도 누구도 생각지 못한 것이 되고 싶다. 상상을 초월하는, 예정 따위 없는 것.

상상하면 그것이 된다는 이야기랑 다르잖아? 하고 묻는 사람이 있겠지? 누구냐? 아메리카너구리인가?

그래, 그래, 맞네. 예리하시군, 너구리군.

하지만 말이야, 궤변으로 들릴지 모르겠지만 온몸과 마음을 다해 상상하기 때문에 상상을 초월할 수 있는 거야. 상상을 뛰어넘고 싶으니까 열심히, 상상하는 거야. 만약 적당히밖에 상상할 수 없으면, 상상한 대로밖에 안 돼. 결국 그건 상상하지 않은 게 되지.

생각대로 되지 않는 것투성이니까 그에 대비하기 위해 가능한 한 생각하고 준비할 것 아닌가? 그러면 예측할 수 있는 범위가 넓어지고 예상 밖의 영역은 작아진다. 그러니까 예상 밖의 일이 일어나더라도 받아들일 여유가 생긴다.

다른 말로 하면, 상상하면 할수록, 나의 용량이 커진다. 가능성이 높아진다. 포용력이 올라간다. 애벌레니까 며칠 지나면 번데기가 되고 나비가 되고, 이렇게 생긴 애벌레는 어떤 나비가 되고, 그것은 정해진 일이라고 생각하는 게 마음에 들지 않는다. 이제 환갑을 넘은 여자라면 아줌마고, 아줌마는 전철에서 자리를 보면 뛰어들거나 순서를 지키지 않거나, 모르는 사람에게 갑자기 말을 걸거나 하는 최강 인간. 그런 식으로만 보니까 실제로 그런 아줌마들이 되어가는 것이 마음에 들지 않는다.

그런 건 없을지도 모른다. 나처럼 감귤을 좋아하는 애벌레가 돛단잠자리가 될지도 모르고, 녹색인종의 인간이 될지도 모르고, 달 표면의 메뚜기가 될지도 모르고, 애벌레로 계속 있을지도 모른다. 규정짓지 말았으면 한다. 나도 내 자신을 규정짓고 싶지 않다.

좋다, 영원한 워너비.
백 살 노인에게도 죽는 순간까지 '워너비'는 있으니까.

지금 분풀이 섞인 설명을 하는 사이에도 나는 나방이나 신종 새, 난이나 돛단잠자리나 녹색인종이나 달 표면의 메뚜기가 된 나를 상상했다. 그것들은 되지 않을 거고 되고 싶지도 않다. 애벌레로 있고 싶은 건지도 이제 모르겠다.

봐, 공상하면 할수록 길이 많아지고 무수한 길 하나하나가 구체적으로 보이지 않아? 뭐든 될 수 있는 건 아니지만, 뭐든 될 수 있다는 가능성만큼은 언제나 있다. 상상하는 내가 존재하는 한. 항상 똑같은 자신으로 존재하는 것 같지만 끊임없이 나는 변화하고 있다. 물의 흐름처럼.

시리고미짱은, 눈을 뜨고 있는 동안 내내 노력하고 있는 것 같았다. 열심히 민들레 씨가 되려고 노력하는 느낌이 느긋하게 일광욕을 즐기며 이파리를 갉아먹는 나에게까지 전해져 왔다.

파이팅*!

어머, 방 안에도 바람이 불어왔어.

민들레 씨가 바람에 반응하고 있네. 일렁이고 있어!

자, 눈을 크게 뜨고

창문 쪽으로 조금씩 몸을 틀어서 창을 열어 봐.

크림색 태양과 파스텔 색으로 빛나는 하늘이 보이지?

조각구름이 만개한 목련 같지 않아?

세상이 시리고미짱의 자리를 마련한 거야.

자, 얼굴을 내밀어 나한테 인사를 해봐.

무리. 못하겠어.

가늘게 흐느끼는 듯한 소리가 들려왔다.

응, 그대로 있어도 좋아. 그대로 괜찮으니까.

시리고미짱의 머리, 솜털처럼 흔들리겠네.

빠져나가려고 해.

괜찮아. 또 나오니까.

나도 괴로워서 적당한 말로 얼버무렸다.

그리고 곧 들켰다.

거짓말. 다시 날 리가 없어.

하지만 괜찮아. 금방 또 창을 열 수 있을 거야.

그러면 날기 시작할 테니까.

못하겠어. 솜털 같은 몸인데 무거워서 바닥에 떨어졌어.

반동이야. 나도 무슨 소릴 하는 건지.

가라앉아.

그대로 괜찮으니까 창을 열고 밖을 봐.

안 돼. 사람은 못 보겠어.

사람 아니야. 나는 애벌레야.

애벌레가 된 사람한테 그런 말 듣고 싶지 않아.

된 건 아니야.

나도 집중하지 않으면 애벌레로 있을 수 없어.

일 초, 일 초, 계속 내가 애벌레이려고 노력해야 해.

난 벌써 이렇게 완전히 민들레 씨인데, 날 수가 없어.

시간이 해결해 줄 거야.

지금, 뿌리가 나왔어. 바닥을 막 붙잡고 있어.

엣? 그래? 나는 당황했다.

머리가 깨질 듯이 아파.

내가 틀린 걸까? 무책임한 짓을 해버린 건 아닐까,
후회가 몰려왔다.

머리가 깨져서 싹이 나왔어.

정말?

이젠 정말 못해.

그렇게 말한 채, 시리고미짱은 침묵했다.

얼마나 시간이 지났을까? 애벌레 감각의 시간이니, 제법 길었을지도 모른다.

다시 잠잠해진 덧창 저편 방 안에서 뭔가 천천히 크게 움직이는 기척이 느껴졌다. 나는 슬픔으로 말라버릴 것 같은 마음으로, 마른침을 삼키며 지켜봤다.

덧문이 덜컹덜컹 흔들리기 시작했다. 누군가가 창을 열려고 한다기보다 방 안의 압력 때문에 문이 견디지 못하게 된 느낌이었다. 덧창이 그 뒤의 유리창 채로 튀어나왔다. 창틀보다 커다란 청자색 에이리언의 머리가 쓰윽 나왔다. 그대로 녹색 줄기를 길게 늘여 내 눈앞까지 닿더니 갑자기 음악이 시작되는 것처럼 에이리언 머리 모양의 꽃봉오리가 다섯 개로 갈라져 크게 열렸다.

비색으로 빛나는 그 거대하고 눈부신 꽃은 난초로도 도라지로도 보이지 않았다. 이미 세상에 있는 어떤 꽃으로도 보이지 않았다. 그것은 시리고미짱 이외의 그 누구도 아니었다. 꽃잎 한가운데에는 작은 우주인 모습을 한 시리고미짱이 쪼그리고 앉아 이쪽을 바라보고 있었다. 모든 꽃잎에서 시리고미짱이 웃고 있는 것이 전해져 왔다. 세상 모든 것을 축복하듯, 계속해서 웃었고, 웃으면 웃을수록 꽃은 오팔 색으로 빛났다. 꽃잎 한가운데 우주인 머리에서 은빛 머리카락이 자라나 퍼졌다.

내가 넋을 잃고 보는 사이 은빛 머리카락은 한 올 한 올 더 가느다란 솜털을 펴고, 이제 꽃 한가운데에는 담을 수 없게 되자 꽃잎은 마지막 웃음을 웃고는 떨며 흩어졌다. 솜털 같은 은빛 머리카락이 무수하게 하늘로 날아오르며 쏴아쏴아 파도소리를 냈다. 그것은 작은 웃음소리처럼 들리는 돌림노래였다.

날았어, 날았어,

날았다구.

시리고미짱이 내게 속삭이며 사라져 갔다.

나도 번데기가 될 시간이 가까웠음을 예감했다.

시뮬레이션하는 작가 호시노 도모유키,
그 낯선 세상

호시노 도모유키는 1965년 미국 로스앤젤레스에서 태어나 두 살 때 일본으로 귀국했다. 1988년 와세다 대학 문학부를 졸업했고, 한때 신문 기자로 근무하다 멕시코로 유학을 떠났다.

1997년 『마지막 한숨』으로 제34회 문예상, 2000년 『깨어나라고 인어는 노래한다』로 제13회 미시마유키오상, 2003년 『판타지스타』로 제25회 노마문예 신인상, 2011년 『오레오레』로 제5회 오에겐자부로상, 2015년 『밤은 끝나지 않는다』로 제66회 요미우리문학상을 받았다. 2018년에는 단편집 『호노오(焔)』로 제54회 다니자키준이치로상을 받으면서 중견 작가로서의 위치를 확고히 했다. 명실공히 현대 일본을 대표하는 소설가의 한 사람이다. 한국에는 『마지막 한숨』, 『깨어나라고 인어는 노래한다』, 『오레오레』 등 주로 장편이 번역되었고, 2020년에 처음으로 단편집 『인간은행』이 번역되었다.

그는 한때 영화 자막 번역가로도 활동한 경력이 있다. 축구를 좋아하는 스포츠맨이고, 빈곤 문제와 같은 사회 문제에 깊은 관심을 가지고 활동하는 실천가이기도 하다.

노벨문학상 수상자 오에 겐자부로는 호시노 도모유키를 자신의 문학적 후계자로 지목했다. 나는 '후계자'라는 말에는 다소 위화감을 느끼지만, 호시노 도모유키가 당장 내일 노벨문학상을 받는다 해도 이상하게 생각하거나 놀라지 않을 자신이 있다.

그러나 이 매력적인 작가의 이름과 그의 작품은 한국 독자에게 아직 낯설다. 하지만 문학이 익숙한 세상을 낯설게 하는

데 그 의미가 있다고 한다면, 호시노 문학은 분명히 새로운 한 걸음이다. 그의 작품은 우리가 화장실에 앉아서 또는 버스를 타고 창밖을 보며 해보는 상상을 닮았다. 그러나 우리가 멈칫멈칫하는 부분에서 그는 좀 더 깊이 파고들어 의식의 바닥까지 내려간다. 우리의 상상은 많은 사회적 규범의 제약을 받는다. 호시노 역시 그러한 제약으로부터 완전히 자유로우리라 말할 수는 없지만, 그는 자신의 상상이 닿은 곳이라면 그곳이 우주든 통조림 속이든 끝까지 판다.

우리는 종종 '내가 둘이라면, 내가 모르는 곳에 나랑 똑같은 사람이 있다면…' 상상한다. 이런 상상을 안 해본 사람은 없으리라 확신한다. 이 상상이 씨앗이 된 작품이 장편 『오레 오레』이다. 전철에서 만난 누군가가 나와 똑같이 생겼고, 그 옛날 내가 어떤 선택을 했을 때 가지 않은 길로 갔던 또 다른 나이기도 하다. 집에 갔더니 나랑 똑같이 생긴 사람이 문을 열어 준다.

정말 극복하기 어려운 빈곤에 처한 사람은 막연히 '나를 파는 상상'을 한다. 그러나 대부분 나를 판다는 것이 과연 어떤 의미인지에 대해서는 끝까지 상상하지 못한다. 그 상상을 끝까지 파헤쳐 내려간 작품이 단편『인간은행』이다. '금본위제'가 아니라 '인간본위제'가 되는 세상. 인간이 노예화되는 세상을 아주 구체적으로 시뮬레이션한 작품이다. 이 작품은 내가 번역한 호시노의 첫 작품이었는데, 나는 이 작품을 번역할 때 경제적인 어려움을 겪고 있었다. 번역하는 도중에 몇 번이나 울었던 기억이 난다. 끝까지 달려가는 상상이 처음 접하는 독자에게는 불편하거나 낯설 수 있지만, 잠시 책을 덮고 돌이켜 보면 알게 될 것이다. 그 상상 속에 담긴 작가의 따뜻한 감성을.

　『디어 프루던스』는 그런 따뜻한 감성과 인간에 대한 예의, 깊이 있는 사유가 돋보이는 호시노의 신작 소설이다. 코로나는 언젠가 끝나겠지만, 앞으로 제2의 코로나가 없으리라는 보장은 없다. 만일 코로나가 끝나지 않는다면 과연 우리의 삶은 어떻게 달라지고, 인류는 어떻게 될 것인가?『디어 프루던스』

는 그러한 상황을 시뮬레이션한 작품이다.

코로나의 소용돌이 속에서

이 작품은 코로나의 소용돌이 속에서 태어났다. 호시노는 인류가 직면한 현실 앞에서 코로나 이전부터 초래해 온 불행에 대해 분석한다. 코로나 자체도 재앙이지만, 이 재난 상황 속에서 더욱 난처한 것은 인간이 더는 누군가와 함께 할 수 없게 되었다는 고독에 대한 공포다. 인간은 철저히 혼자가 되었을 때 과연 인간일 수 있는가?

소설 속 모든 사건의 발단은 접촉으로 전염되는 '썩을 병'이다. 사람들은 모두 고립되었고 섹스를 통해 자손을 만들 수 없게 된다. 그 점은 호시노의 다른 작품 『스킨 플랜트』와 같다. 이제 사람들은 고립되어 혼자만의 세상을 살아간다. 인간은 완전한 고립 상태에서도 과연 인간일 수 있을까? 『디어 프루던스』는 이렇게 시작된다.

> 나는 애벌레. 원래는 사람이었다. 어쩌다 애벌레가 되었는
> 가 하면 상상하는 대로 이루어진다는 말을 들었기 때문이
> 다. 언제까지나 혼자 지낸다면 너는 너 자신이 상상한 너, 그
> 자체다. 그렇게 말했다.

이를테면 인간은 하나의 능력을 개발해 낸 셈이다. 간절히
상상하면, 상상한 대로 몸이 바뀌어 인간이 아닌 다른 그 무
엇이 됨으로써 '썩을 병'을 피해 갈 수 있는 것이다. 여기서 이
상상이 정말 상상의 산물인지, 아니면 멸망한 인류의 영혼들
인지 모호하다. 간절히 상상한 그 몸은 남들의 눈에도 보이고
손으로 만질 수도 있기 때문이다. 이 애매한 가상과 현실 사
이를 어떻게 이해하면 좋을까? 〈매트릭스〉나 〈공각기동대〉
같은 영화 속 이야기처럼 처참한 현실에 처한 인류가 AI를 통
해 만들어 내는 가상 현실, 그러나 그 자체로 현실이 되는 세

계일지도 모른다.

이 소설의 도입부는 홀로 남은 한 인간이 진정 인간일 수 있을까 자문하게 만든다. 나는 어릴 때, 인류가 멸망하고 나 혼자 지구에 남겨지는 상황을 상상해 본 적이 있다. 그 순간 나에게는 사랑도 증오도 윤리도 아무 의미가 없어질 것인가? 끝까지 살아남는 것이 옳은 것일까? 내게 만약 혼자 남는 대가로 영원의 시간이 주어진다면 그것은 견딜 수 있는 상황일까? 나 혼자 남아도 나에게 언어가 존재할까? 시간이 지나 내 안에 언어가 남아 있지 않게 되면, 그래도 나는 사람이며 나일까? 너무나 두려운 상황이어서 더 상상하는 것이 괴로웠던 기억이 있다.

그런 기억을 소환할 즈음, 이 소설은 반전한다. 멸망 지경에 이르러 "체념과 함께 현실을 받아들이는 풍조가 퍼지는 동안" 동시다발적으로 인간은 상상의 힘만으로 다른 존재가 될 수 있게 된다.

상상임신 따위가 아니다. 생각하면, 그것은 실재한다. 그러므로 아기일 필요조차 없다. (…) 잃은 자식을 새로 만드는 부모, 앞세운 반려자를 번식하는 사람. 천수를 누린 부모를 다시 이 세상에 불러내는 자기중심적인 자식 (…)

오싹한 것은 다음 구절이다.

탄생한 사람들에게 진짜 피와 살이 있는지는 아무도 모른다. 그도 그럴 것이, 나 자신이 진짜 살과 피로 이루어져 있는지도 알 수 없기 때문이다. 그런 내가 번식시킨 존재가 피와 살을 가졌는지 어떤지 증명할 길이 없다.

이 구절은 어떤 의미에서 매우 철학적이다. '코기토 에르고 숨– 나는 생각한다. 그러므로 존재한다'고 하는 데카르트의 명제를 떠올린다. 내 몸이 정말 살과 피로 이루어져 있는지도 알 수 없는 상황에 내가 정말 존재한다는 걸 알려주는 것은 의식뿐이다. 그러나 '나는 생각한다'고 말할 때 우리의 의식 속에는 그 생각하는 '나'를 바라보는 제3의 관찰자가 존재한다. 사고하는 것의 존재를 느끼는 일은 다른 어떤 것과의 상호 작용 없이는 불가능하다. 덧붙이자면, 그 '생각하는 나'를 바라보는 관찰자의 시선은, 단독으로 이루어지는 것이 아니기 때문이다. 그것은 가족, 친구, 사회, 윤리 등 기존에 이미 형성된 개인적이고도 사회적인 시선이다. 내가 정말 실재하는지조차 알 수 없다는 하나의 의문. 이 의문이 『디어 프루던스』라는 작품을 미스테리로 이끈다.

코로나 상황 속에서 사피엔스는 새로운 형태의 고독에 직면한다. 외로움, 우울, 비현실감… 이런 것들이 응어리진 이른바 '코로나 블루'로부터 벗어나는 것이 인류의 당면 과제가 되었다. '썩을 병'에 걸리지 않기 위해 우주복을 입거나 서로가 꼭꼭 숨어서 살아가는 소설 속 상황은 코로나의 소용돌이 속에서 마스크로 무장하고 손 소독제를 일상적으로 사용하게 된 현재의 우리를 대변해 주는 듯하다. 인간이 상상을 통해서만 외부와 통신할 수 있는 세상. 두렵고도 걱정스러운 고립무원의 상황을 극단적으로 표현한 것이라고 할 수 있겠다.

반전하는 시뮬레이션, 식물이라는 세계관

잠시 『스킨 플랜트』의 세계로 가 보겠다. 인류가 신체에 식물을 이식하여 꽃을 피우고 열매를 맺기 시작하면서 인류는 생식 기능을 포기한다. 더 이상 아이가 태어나지 않아 인류는 멸망의 길로 접어드는가 싶던 와중에 인간의 모습을 한 열매가 열린다. 그들은 태아처럼 식물과 연결되어 있다가 거기서 떨어져 나와 신인류로 탄생한다. 호시노의 시뮬레이션 속에서 인간은 멸망하는 것이 아니라, 새로운 형태를 입어 현존하게 된다.

다시 『디어 프루던스』의 세계로 돌아오면, '썩을 병', 일명 '복숭아열'은 접촉 자체가 감염과 죽음을 의미하고, 결국 사람들은 섹스를 기피하여 인류는 절멸 위기에 놓인다. 이 절망적인 상황 속에서 사피엔스는 진화한다. '절실한 상상'을 통해 다른 종으로 탈바꿈할 수 있게 되는 것이다. '절실한 상상'만으로 다른 존재가 될 수 있는 경지. 인류는 '절실한 상상'을 통해 죽은 사람을 생환시키기도 하고, 새로운 아기를 만들기도 한다.

멸망의 가도를 달리던 인류가 새로운 인류로 다시 태어나는 과정을 다양한 방식으로 구현하는 호시노 도모유키의 SF적 상상은 반전에 반전을 거듭하면서 인류가 왜 멸망에 이르게 되었는가를 자문하게 만들지만, 결국에는 재생의 가능성과 따뜻한 위로의 메시지를 전한다. 이 반전하는 시뮬레이션이야말로, 호시노 문학의 매력이 아닌가 한다.

조만간 한국에도 번역되어 나오겠지만, 호시노는 최근에 소설집 『식물기(植物忌)』를 출간했다. 여기에는 『스킨 플랜트』와 『디어 프루던스』를 포함하여 『피서하는 나무』, 『기억하는 밀림』 등 열한 편의 이른바 '식물 소설'이 수록되어 있다.『스킨 플랜트』에서도 여실히 드러나지만, 호시노에게 식물은 호시노 자신의 독특한 세계관을 표현하는 장치다. 그 세계관은 종의 평등 그리고 인간의 폭력성에 대한 대안이라고 요약할 수 있을 것 같다. 여기서 종의 평등이란, 모든 종이 평등해야 한다는 래디컬한 의미라기보다는, 종을 나누는 방식으로 인간 사회 내부조차 나누기하는 인간 사회에 대한 고발의 의미로 사용함을 밝혀 둔다.

내가 호시노의 작품을 좋아하는 이유는 나 자신과 내면적으로 강력하게 접속되는 지점이 있기 때문이다. 그것은 차별 없는 세상, 편견 없는 세상, 무리 짓기 하지 않는 세상에 대한 열망이다. '분류'와 '정의(定義)'는 호모 사피엔스의 특성이다. 모름지기 분류라는 재능을 빼고서 인류의 발전을 논할 수는 없을 것이다. 누굴 만나든, 어디를 가든, 우리의 분류 본능은 작동한다. 그것은 인류의 생존을 돕는 기능이었다. 먹을 수 있는 것과 없는 것을 분류했고, 독과 약을 분류했으며, 세상의 모든 식물과 동물의 계보를 정리했다.

그것은 당연하지만 인간 중심의 분류였다. 인간은 다른 동물들과는 완전히 차원이 다른 유일무이한 종으로 자신을 규정했다. 그리고 인간 자신에게 유익한 곤충과 해가 되는 곤충을 분류해 익충과 해충이라는 이름 붙이기를 서슴지 않았다. 나는 무당벌레를 좋아하는데, 무당벌레는 점의 숫자로 해충과 익충을 구분한다. 이를테면 유명한 칠점박이무당벌레는 익충이다. 모기를 잡아먹거나 진딧물을 없애 준다. 십팔점박이무당벌레는 해충이다. 그들은 곡식을 먹기 때문이다.

그러나 인간의 관점을 벗어나면 그들은 나쁘지도 선하지도 않다. 그들 스스로 생존하고 그들 자체로 존재할 뿐이다. 꽃집에 가면, 식물 값이 모두 다르다. 어떤 풀은 몇 십만 원씩 하는가 하면, 어떤 묘목은 몇천 원에도 살 수 있다. 지구 위의 수많은 종을 분류하고 값을 매기는 인간은 인간 자신조차 레벨을 나누어 값을 매긴다. 인종, 학력, 빈부의 격차가 사람의 값어치를 결정한다.

사람이 살지 않는 집, 사람이 살지 않는 땅을 '폐가', '폐허'

라고 부른다. 그러나 폐가와 폐허된 땅을 자세히 보라. 그곳에는 무성하게 풀이 자라고 작은 동물들이 드나드는 풍요로 가득한 세상이 펼쳐진다. 인간의 부재가 곧 폐허라고 생각하는 발상–인간은 인류의 멸망이 곧 지구의 멸망인 것처럼 생각한다–은 지극히 인간 중심적인 생각이다. 인류가 사라진다 해도 지구는 존재할 것이며, 다른 생명들이 지구를 풍요롭게 할 것이다.

호시노의 세계관 속에서 식물은 인간의 욕망을 거세하여 평등과 평화를 가져다 주는 대안이다. 『스킨 플랜트』에서는 머리에 꽃을 피웠을 때의 기쁨을 위해 성욕 자체를 포기하고, 『디어 프루던스』에서는 복숭아열이라는 질병 때문에 섹스를 포기한다. 소설적 상황의 차이가 있지만, 두 작품 모두 '섹스에 의하지 않은 번식'이라는 공통점을 보인다. 왜일까? 호시노는 이렇게 말한다.

섹스가 젠더 규범에 묶여 있는 한, 권력 관계를 피할 수 없고, 어딘가에서 사람에게 상처를 주는 폭력이 됩니다. 이것은 정말 넓은 의미에서 그렇습니다. 번식과 젠더를 따로 떼내어 생각하기 위해 소설 속에 여러 가지 존재 방식을 설정해 보는 것입니다.

호모 사피엔스의 아줌마 그리고 애벌레

인간은 여러 가지 방식으로 생물체를 분류할 뿐 아니라, 인간 자신에 대해서도 갖가지 기준을 만들어 분류한다. 때로는 그 기준이 아주 유쾌하거나 단순하기도 해서 '세상은 커피를 좋아하는 자와 좋아하지 않는 자로 나뉜다'라든가, '세상은 맥주파와 소주파로 나뉜다'든가 하는 농담으로 귀결되기도 한다. 그러나 대부분의 진지한 상황에서 분류란 대단히 폭력적인 경우가 많다. 여기서 폭력적이라는 말은 본인의 의사에 반하여 명명되고 카테고리화 된다는 점이다. '아줌마'라는 분류는 그런 예 중의 하나다.

나에게는 『디어 프루던스』의 주인공이 '육십 대 아줌마'라는 점이 대단히 매력적으로 다가온다. 보통 히키코모리 문제를 이야기할 때 십 대나 이십 대의 문제로 거론되지만, 사실 다양한 세대가 고독을 끌어안은 채 고립되어 살아간다. 특히 코로나 상황에서는 특정 세대만의 문제가 아니다. 이런 문제의식이 반영된 설정이라고 생각된다.

아줌마란 무엇인가? 원래 부모와 항렬이 같은 여성을 일컫는 말이었다가 중년 여성을 의미하는 말이 되었지만, 언제부터인가 버스나 전철에서 자리를 차지하기 위해 몸보다 먼저 가방을 던진다든가, 정해진 물건 값을 턱도 없이 깎아댄다든가 하는 이미지를 가진 말이 되었다. 그들은 억척스럽지만 헌신적이다. 그들은 부끄러움을 모르는 것이 아니라 부끄러움을 불사한다. 수다스럽고 드센 아줌마의 이미지가 한국에만 있는 것은 아니다. 일본에도 '아줌마'는 있다. 그 아줌마가, 애벌레가 되었다는 것이 이 소설의 시작이다. 이것은 상징적으로도 상당히 다각적인 해석이 가능하다.

바란 적도 없는데 아줌마로 살았다. 아줌마인 게 싫다기보
다는 아줌마 취급을 받을 때마다 열 받았다. 나는 정말 내가
아줌마로라고 생각한 적이 없었다. 지금은 생활에 쫓기지만
여유가 생기면 나의 본분에 충실할 수 있도록, 그때까지는
썩지 않고 버티리라 생각하며 지하에서 버티는 동안 어느새
마흔을 지나 쉰이 되고 환갑도 지났다. 그래서 도무지 나이
를 먹었다는 자각이 없다. 자칫하면 아직 십 대인 내가 내 안
에 생생하게 살고 있음을 느끼거나 한다. (…) 파랗다, 파래.
예순 일곱이나 먹었는데 아직 새파랗다.

자기 자신은 한 번도 아줌마라고 생각해 본 적 없는 아줌
마. 그래서 누군가가 나를 아줌마라고 불렀을 때 화가 나는
것. 이것은 인간의 정체성이 얼마나 사회적으로 형성되는지
를 보여 준다.

어떤 의미에서 아줌마는 이중고를 겪었다. 우선 여성으로서 사회적으로 본의 아닌 희생을 강요당한 측면이 있고, 가족을 위해 끊임없이 헌신하는 자발적 약자의 측면도 있었다. 집에 갇혀 있다 보니 다수의 '아줌마'는 세상 물정에 어두웠다. '어두웠다'라고 과거형을 쓴 까닭은, 뻔뻔함과 염치없음의 대명사로 불린 '아줌마'는 사실상 최근의 젊은 기혼 여성들에게는 어울리지 않는 말이기 때문이다. 그들은 전업주부로 있더라도 세상 물정에 밝고 사회 문제에도 관심이 많다. 아마도 소설의 주인공을 예순 일곱의 아줌마로 설정한 것은 그 세대를 의식한 게 아닐까 생각한다. '아줌마'는 오지랖도 넓어서 세상만사에 관여하고 참견한다. 소설 속 주인공도 '아줌마'의 표상일 정도의 이른바 '기가 센' 여성은 아니다. 그녀는 이웃에 사는 '시리고미짱'의 안위를 걱정하고, 그녀를 창문 밖으로 나오게 만드는 역할을 한다.

육십 대 아줌마가 인간의 모습을 버리고 '애벌레'로 변한다. 이 애벌레는 스스로 성충이 되기를 거부한다. 애벌레는 성충이 되기 위한 수단에 불과한 것이 아니라 애벌레가 목적지이며 전부일 수도 있다고 말한다. 그리하여 '완전한 애벌레'로 존재하고자 한다. 이 소설을 번역하면서 이 대목이 크게 마음에 와닿았다. 그것은 미래를 위해 현재를 희생시키지 않는 삶이기 때문이다. 그것이야말로 완벽한 삶이 아닐까?

Prudential 유머 코드

프루던스는 조심성이 많은 소녀의 별명이다. '썩을 병'으로 가족을 모두 잃고 집안에 틀어박혀 절대 밖으로 나오지 않는 소녀와 애벌레가 된 육십 대 여성. 여성은 소녀를 격려하여 의지를 북돋우고 결국 소녀는 세상에 없던 꽃이 되어 창을 뚫고 나온다. 소녀에게 끊임없이 말을 걸어 혼자가 아님을 일깨우는 육십 대 감성의 애벌레라는 설정을 가만히 생각해 보면 유쾌하다. 기분이 좋으면 로커처럼 머리를 흔들어 춤추는 애벌레. 그녀는 제비가 날아오면 자신의 핑크색 뿔을 불쑥 내밀어 감귤 냄새로 퇴치하겠다는 기백에 넘친다.

애벌레는 깨어 있는 내내 먹어대지만 풀은 아무리 먹어도 바닥나지 않는다고 말한다. 먹는 속도보다 풀이 자라 번식하는 기세가 더 등등하기 때문이다. 애벌레의 시간은 인간의 시간과 달라서 풀이 자라는 것이 눈에 보이고 인간의 움직임이 옛날 영화 필름처럼 우스꽝스럽도록 빠르게 보인다. 언제나 시인처럼 말하는 박새나 휘파람새도 있다.

부질없는 이 세상, 한낮의 태양도 한풀 꺾이려는데
이 몸은 굶주리며 씨를 뿌리고 익숙한 날갯짓 퍼덕거리네
아, 그렇군요, 그렇군요.

아무거나 먹는 까마귀를 조롱하는 애벌레와 너 따위는 언제든 먹어 버릴 수 있다고 말하는 까마귀의 대화. 거짓말쟁이 할미새, '냥미운' 꼰대 고양이 '블루'…. 이 작품에 등장하는 캐릭터들은 대부분 희화화되어 있다. 나비나 잠자리 이름도

실재하는 이름을 살짝 비틀거나 아예 새롭게 만들기도 했다. 이런 캐릭터들이 코로나 시대를 사는 우리에게 소소한 웃음을 준다. 이 잔잔하고 조심스러운 웃음 요소들은 끝까지 파헤쳐 들어가 정말 애벌레가 된 듯한 기분으로 썼기에 가능했으리라. 궁극의 상상력이 이르는 곳이 유머라는 점은 큰 위안을 준다. 유머란, 읽는 이의 것이기도 해서 공감할 수 없는 분들도 계시겠지만, 모쪼록 호시노의 소설에 넘쳐나는 소소한 유머들을 하나하나 발견해 가는 재미를 느껴 보시길 바란다.

언제나 한국의 독자와 문인들로부터 큰 에너지를 얻는다고 말하는 호시노 도모유키.

옮긴이 주로 달아 놓기도 했지만, 시리고미짱을 향해 응원하는 애벌레의 '파이팅!'이라는 말이 일본어 원문에 한국어로 쓰여 있다는 점을 기억해 주면 좋겠다.

코로나의 강을 건너는 우리 모두, 파이팅!

『디어 프루던스』는 비틀즈가 1968년에 발표한 곡과 같은 제목이다. 존 레논은 집에만 틀어박혀 있던 프루던스 패로우를 위해 이 곡을 썼다고 하는데, 호시노는 어느날 문득 이 노래를 듣다가 이 작품의 구상이 떠올랐다고 한다.

언어와 언어 간의 의미 교환만이 번역이라고 인식하기 쉽지만, 기호와 기호 간의 의미교환이라는 차원에서 생각하면 호시노의 작품 『디어 프루던스』는 비틀즈의 노래를 일본어와 소설로 번역한 것이겠다.

『디어 프루던스』는 내가 작품을 선정하고 번역한 호시노 소설집 『인간은행』(문학세계사, 2020)에 수록하려던 작품이었 는데, 번역하는 도중에 이 단편의 일부 장면들이 내 안에서 그 대로 그림이 되어 둥실둥실 떠다니는 경험을 했다. 나는 이 단 편에 그림을 넣어 따로 만들어야겠다고 결심했다. 호시노는 흔쾌히 허락해 주었다.

여기에 수록된 그림들은 대단히 간단한 구성으로 이루어 져 있다. 등장인물은 애벌레(아줌마), 까마귀, 제비, 고양이 블 루, 시리고미짱, 동네 사람 두 명이 전부다. 공간적으로는 시 리고미짱의 집과 정원, 그 정원의 하늘, 정원과 접한 골목길 정도가 전부다. 그러나 식물만큼은 소설에 표현되지 않은 꽃 과 나무들이 대부분이다. 그것은 이 소설의 세계가 얼마든지 경계를 허물고 확장되어 나갈 수 있음을 의미한다. 마지막 장 면의 민들레 씨를 닮은 시리고미짱의 분신들은 그러한 가능 성의 상징이다.

나에게는 이 작품을 표현한 그림들이 삽화가 아니라 번역의 연장이다. 소설을 그림으로 번역하는 것이다. 소설을 그림으로 번역하는 작업은 한 단어 한 단어, 한 문장 한 문장을 옮기는 작업이 아니라, 그 느낌을 덩어리로 번역하는 것이다. 나는 이 '그림 소설'이 번역의 의미를 확장시킨 책으로 기억되면 좋겠다.

그물코와 연이 닿아 이 책을 출판하게 된 것은 대단히 기쁜 일이다. 지난 해 김희숙 선생의 단편『벚꽃, 어쩌면 동산』의 일러스트를 얼결에 맡으면서 연을 맺은 그물코는 책만 만드는 곳이 아니라, 직접 꽃 농사를 짓는다. 해마다 꽃이 피는 시기에 맞추어 책을 내는 '퍼져라, 책과 꽃'이라는 낭만적인 프로젝트를 한다. 모든 일은 사람의 관계 속에서 이루어진다. 책을 만드는 일도 사람의 관계도 농사와 같아서, 기다리는 일이 반이다. 때가 무르익어야 좋은 결실을 맺는다. 책과 꽃을 함께 퍼뜨리는 그물코의 작업이 더욱 빛나는 것은 이런 기다림과 사람을 존중하는 마음에 있다고 생각한다.

호시노의 단편집 『인간은행』이 출간되었을 때, 그를 한국에 초대해 사인회를 할 생각이었는데, 때는 바야흐로 코로나의 소용돌이 한가운데 있었다. 그래서 나는 코로나의 장벽을 넘어 한국 독자들과 그를 만나게 하고 싶다는 생각으로 유튜브 채널 '문학 팔레트'를 통해 인터뷰 행사를 기획했다. 유튜브에서 호시노 도모유키를 검색하면 그와 독자들이 만나는 모습을 생생하게 볼 수 있다.

이 책을 내는 과정 자체가 만족도 높은 작업이었다. 그물코 장은성 대표와 꼼꼼한 편집자 김수진 씨에게 우정을 담아 감사 말씀 드린다. 언제나 나의 작업을 가까이에서 응원해 주는 가족에게도 감사와 사랑을 전한다.

오랜 친구 호시노 도모유키에게 나의 우정을 보낸다.

2021년 6월

김석희

호시노 도모유키 星野智幸

1965년 미국 로스엔젤레스에서 태어나 세 살 때 일본으로 귀국, 도쿄 인근을 옮겨 다니며 살고 있다. 대학을 졸업하고 2년 6개월간 신문사 기자로 일했고, 1990년대 초 멕시코로 유학을 떠났다. 1995년에 귀국해 자막 번역가 등으로 활동하다가 1997년에『마지막 한숨』으로 문예상,『판타지스타』로 노마문예 신인상,『오레오레』로 오에겐자부로상,『밤은 끝나지 않는다』로 요미우리문학상,『호노오(焔)』로 다나자키준이치로상을 받았다. 대표 소설집『인간은행』이 국내 출간되었고, 최근작『식물기(植物忌)』를 출간할 예정이다.

김석희

1970년에 태어나 보니 강원도 깊은 산골, 미탄. 2002년 유학을 떠나면서 처음 국제선 비행기를 탔다. 2005년 오사카대학에서 박사 학위를 마치고 경희대학교 연구 교수로 재직 중이다.『말과 황하와 장성의 중국사』,『내셔널 아이덴티티와 젠더』, 호시노 도모유키 대표 소설집『인간은행』등을 번역했다. 계란판에 그림을 그려 '코로나 시대의 온라인 전시회 Re.Play'전을 개최하면서 화가로도 활동, 현재 독일의 갤러리 Atlia에 소속되어 있다.

디어 프루던스

1판 1쇄 펴낸날 2021년 6월 30일

지은이 호시노 도모유키
옮긴이 김석희
그린이 김석희
펴낸이 장은성
만든이 김수진
인   쇄 호성인쇄

출판등록일 2001.5.29(제10-2156호)
주소 충남 홍성군 홍동면 광금남로 658-8
전화 041-631-3914
전송 041-631-3924
전자우편 network7@naver.com
누리집 cafe.naver.com/gmulko

ISBN 979-11-88375-25-7 03830 값 12,000원